함께 살아가는 동식물

동화의 나라 해반천

함께 살아가는 동식물

동화의 나라 해반천

초판 1쇄 인쇄일 2019년 8월 16일
초판 1쇄 발행일 2019년 8월 23일

지은이 손영순
펴낸이 양옥매
디자인 임흥순
교 정 조준경

펴낸곳 도서출판 책과나무
출판등록 제2012-000376
주소 서울특별시 마포구 방울내로 79 이노빌딩 302호
대표전화 02.372.1537 팩스 02.372.1538
이메일 booknamu2007@naver.com
홈페이지 www.booknamu.com
ISBN 979-11-5776-763-2(03810)

이 도서의 국립중앙도서관 출판시도서목록(CIP)은
서지정보유통지원 시스템 홈페이지(http://seoji.nl.go.kr)와
국가자료공동목록시스템(http://www.nl.go.kr/kolisnet)에서
이용하실 수 있습니다. (CIP제어번호 : CIP2019029750)

함께 살아가는 동식물

손영순 지음

동화의 나라
해반천

책과나무

지나간 나의 삶은 비교적 행복했었다.

그 이유는 자연과 늘 가까이한 덕분이라 할 것이다.

유년 시절은 과수원에서 자랐고

요즘은 집 근처 해반천을 산책하며

그 속의 생명체들과 가까이하고 있다.

그들은 다정한 나의 친구며 고마운 스승이다.

맑고 맑은 해반천 속에는 파란 하늘이 숨어 있다.

어리연꽃 꽃밭 속에도 파란 하늘이 숨어 있다.

심술궂은 회오리바람 하늘을 지우려고 장난을 쳐도

해반천 파란 하늘은 모르는 척 숨어 있다.

이들은 끊임없이 나에게 재잘대며 얘기해 준다.

모래밭에서 황금 맥을 찾아내듯

동화의 황금 소재를 건져내곤 한다.

자연은 신의 작품

도서는 인간의 작품이란 말이 있다.

요즘 어린이들이 공부에만 매달려

자연을 멀리하고 있음은 슬픈 일이다.

나의 작품이 이들에게 자연 사랑과 관찰력

그리고 지혜를 높이는 계기가 되기를 희망한다.

이 책이 나오기까지 가까이서

혹은 외국에서 하나하나 정성껏

도움을 주신 분들께 깊은 감사를 드린다.

2019년 8월

손영순

차례

저 위쪽엔 오리네 가족이 엄마를 따라 둥둥 떠다니며
새끼를 키우고 있지 뭐예요.
"집 가까이에 이런 곳이 있다는 건 엄청난 행운인 걸요!"
대자연의 아름다움과 신비를 온몸으로 느끼며
해반천의 고마움을 노래했어요.
해반천아, 고마워!

- 「동화의 나라 해반천」 중에서

누가 제일 멋지나

개개비가 바삐 움직입니다.

오늘은 해반천 언덕에 핀 꽃들의 잔치가 열리는 날.

제일 멋진 친구를 뽑기로 한 날이에요.

개개비와 딱새가 심사위원입니다.

"공정하게 심사하세요."

비둘기 위원장님의 말씀에 고개를 끄덕입니다.

딱새와 개개비가 지나가자 언덕배기 연분홍 입술로 미소 짓

는 메꽃!

분홍나팔꽃도 한껏 차려입고 손을 흔듭니다.

진남색 나팔꽃은 품위를 지키고 있는데

박주가리가 큰 소리로 말했어요.

"보지도 않고 그냥 가니? 나도 꽃이라고!"

그때 강아지풀이 웃으며 말했어요.

"우린 꽃에 끼워 주지도 않아!"

"그래, 맞아!"

쇠뜨기의 말에 까치수영이 새침한 표정으로 소리쳤어요.

"얘들아, 탐내지 마라."

그러자 물가에 핀 개여뀌가 한마디 던졌어요.

"참가하는 데 의미가 있다고!"

그 말에 갈대와 부들도 고개를 끄덕입니다.

수련은 며칠 전 비바람이 불어 꽃잎이 찢어져 고운 모습이 아니라고 눈물을 흘립니다.

개구리밥이 수련을 위로합니다.

"수련아, 너의 아름다움은 누가 뭐래도 최고야. 이번엔 아쉽지만 내년에 도전하면 되지 않니?"

동방사니도 달래 줍니다.

"그래, 맞아. 너의 노란 꽃잎과 흰 꽃술은 정말 아름답지!"

그때 물가엔 핀 소루쟁이가 친구들에게 몸을 흔들어 보입니다.

"야! 나도 멋지게 꽃대를 올렸어."

방가지똥 풀이 비웃듯이

"멋지게 꽃피워도 넌 색깔이 없는 것 같아. 심사에 오르지도 못할걸."

그 소리를 들은 딱새와 개개비는 웃으며 그냥 가 버립니다.

"흥! 보자고 얼마나 멋지고 아름다운 꽃을 뽑는지를."

언덕 위엔 코스모스 꽃잎이 가는 허리를 비틀며 살랑입니다.

"예쁜 꽃들이 많아. 누굴 뽑지? 저쪽 아래로 더 내려가 보자."

거기엔 망초와 수크령 사이로 노란 금계국이 손짓합니다.

"너는 외래종이야!"

"망초야, 이 언덕에 외래종 아닌 것이 몇이나 되니?"

그때 땅 아래 작은 별꽃처럼 핀 달개비가 조그마한 목소리로 용기 내어 말했어요.

"나도 참가 신청했어요."

"미안해, 달개비야. 풀숲에 가려 보이지 않았어! 이젠 위쪽

엉겅퀴만 심사하면 모두 끝이야."

개개비와 딱새는 점수표를 들고 비둘기 위원장님께 가져
갔어요.

"음! 어디 보자. 공정하게 잘했구나! 오늘 최고의 상은 달개
비 그다음은 1점 차로 떨어진 엉겅퀴, 마지막 상은 진남색 나
팔꽃."

발표가 끝나자 소루쟁이도 고개를 끄덕이며 말했어요.

"이번 심사는 정말 잘한 것 같아. 친구들아, 축하해 주자."

이렇게 초가을 발표회가 끝나자 풀벌레들의 축하 공연으로 막이 내렸어요.

　이 모습을 묵묵히 바라보던 호박꽃!

　"우리는 모두 최고의 아름다운 꽃이야. 한 가지 꽃만 있으면 금방 싫증을 느끼지만 여러 꽃이 있으므로 서로 돋보이고 아름답단다."

　달맞이꽃이 방긋 웃으며 답했어요.

　"그래, 맞아!"

　어디서 왔는지 실바람이 살랑살랑 손 흔들며 언덕을 돌아갑니다.

　모두가 잘했다는 표현이래요.

동시

고추잠자리

김해 들녘 고추잠자리

분주하게 비행하다

내 볼에 뽀뽀하고선

말도 없이 날아가네

어! 인사도 아니고 가 버리다니

이번엔 가슴을 치고 날아가다

풀잎에 살짝 앉는다

살금살금 까치발로 잡으려는 순간

날 잡으면 용하지 하하하

하늘 높이 날아가는

빨간 고추잠자리

나는야 고추잠자리

해반천 꽃길 걷는 아이

이마 위에 살짝 앉았지

아이는 날 잡으려 손을 올릴 때

나는야 높이 날며 달아났었지

메롱! 메롱 날 잡아 봐!

메롱! 메롱 날 잡아 봐!

하늘은 더 푸르고

코스모스 한들한들

고추잠자리 붉은 꽃에 앉았다

우리는 닮은 색깔

살짝 앉아 있으면 아무도 모르지

메롱! 메롱 날 잡아 봐!

메롱! 메롱 날 잡아 봐!

늦가을에 찾아온 손님

추석이 지났는데도 장마처럼 하루가 멀다고 비가 내렸어요.

누군가 우리 집 대문을 두드리며 날 찾았어요.

"채운이 있니?"

"누구세요? 무슨 일 때문에 오셨어요?"

"응, 나 혜원이 할머니야. 저기 화단 담장 밑에 예쁜 새 두 마
리가 날지도 못하고 몇 시간째 그 자리에 그대로 앉아 있으니
한번 가 보렴. 넌 새를 좋아하고 잘 키워 줄 것 같아서 왔단다."

"그래요. 그럼 함께 가 봐요."

혜원이 할머니가 안내한 곳으로 가 보았어요.

작은 새 두 마리가 웅크리고 앉아 부리를 날개에 묻은 채 잡아도 도망가지 않고 가만히 있었어요. 마치 도와 달라는 것 같아요.

"할머니, 이 새는 비둘기예요. 저길 보세요. 화단 위 큰 나무에 둥지가 있는 것 같아요. 며칠째 비가 오니 어미도 오지 않고, 또 배도 고프다고 날갯짓을 하는 걸 보니 어미는 아마 새끼들이 이젠 스스로 살 수 있다고 생각한 걸까요? 아니면 길고양이에게 잡혀갔나? 지금 저 정도의 새끼라면 어미는 두고 가지는 않을 텐데……."

"그럴지도 모르지." 하시며 불쌍한 눈으로 바라보는 할머니.

"새끼가 어미를 기다리다 더는 오지 않는다고 나무에서 내려오지 않았을까요. 아직 어미의 손길이 필요한데 다급하니까!"

"그래, 네 말이 맞아. 그런데 왜 날지 않고 있을까? 내려왔다면 날았을 텐데."

"예, 며칠째 굶고 비도 맞고 힘이 없어서겠지요. 먹이를 주고 깃털이 마르면 회복할 거예요."

마침 집에 빈 새장이 있어서 비둘기 새끼를 안고 왔어요.

"미안하구나. 난 또 좋은 새 새끼라고 생각해서 알려 줬는데. 불쌍하기도 하고 난 새 키우는 기술이 없어서……."

"제가 한번 정성 들여 키워 볼게요. 비둘기도 좋아요."

비둘기와의 동거는 그렇게 시작됐어요.

일주일 동안 두 마리 새끼 비둘기에게 먹이와 물을 넣어 주며 정성껏 키웠죠.

엄마 몰래 참깨도 주고 때로는 삶은 계란도 주었지요.

"채운아, 숙제는 하지 않고 또 새장에서 놀고 있니! 학원가는 시간이야. 자꾸만 새장 앞에 앉아 있으면 버리든지 해야겠다."

"엄마 말씀 잘 들을게요. 며칠만 더 자라면 보낼게요."

우리가 버리면 두 번 버림받는 새, 이름은 비호와 비영이!

'빨리빨리 많이 먹고 힘내라. 알지, 내 말?'

비둘기의 앞자리 '비'를 쓰고 수컷에게는 '호'를, 암컷에게는 '영'을 붙여 비호와 비영이로 지어 주었답니다.

봉황초등학교에서 둑길로 걸으며 보니, 벼가 누렇게 익어 갔어요.

며칠간 새장 문을 열어 두었더니 날개를 펴서 힘을 올리기 시작한 비호와 비영이.

그랬는데 글쎄, 학교에서 돌아와 새장을 보니 어디 갔는지 보이지 않아 한참을 찾았어요.

베란다 잎이 무성한 재스민 나무에 앉아 날 찾으면 '용치!' 하는 두 녀석.

내 방 책상에 앉아 공부하다 잠이 들었는지 똥 싸 놓고 낮잠을 즐기는 자기들만의 세계에 빠졌지 뭐예요.

새로운 식구가 생겨 나리는 찬밥 신세가 되었어요.

나리는 강아지 이름이지요.

나리는 오전 수업 마치고 오는 나를 반갑게 맞아 주었지만, 눈길이 먼저 가는 곳은 새장입니다.

17년째 키우는 나리는 비호와 비영이가 오자 두 번째로 밀려나서 시무룩해요.

"나리야, 너도 가자. 오늘은 바깥 외출이야."

새장을 들고 나리와 함께 집 근처 해반천에 나갔어요.

신이 나서 이리 뛰고 저리 뛰는 나리에 비해 비호와 비영인 꿈쩍도 하지 않고 밖에 나오지 않아요.

"어머, 강아지와 새를 키우네. 귀엽고 좋겠다."

산책로에 운동하는 사람들이 모두 신기하다며 쳐다보니, 겁이 많은 비호와 비영이 더욱 주눅이 들었나 봐요.

"안 되겠다. 오늘은 여기까지야."

다음 날은 비호와 비영이가 떨어진 채 처음으로 발견되었던 아파트 화단 자리에 갔어요.

얼마 후 살금살금 새장에서 걸어 나오더니 바닥에 떨어진 먹이를 쪼아 먹는 것이 얼마나 다행인지요.

멀리 가지 않고 새장 주위를 돌며 탐색을 했어요.

"이제 때가 된 것 같아요."

담장 위에도 앉았다가 은행나무 위에도 날아갔어요.

이렇게 하기를 3일 만에 성공!

"엄마, 이제 되었어요."

"얘가 무슨 소릴 뜬금없이 하는 거야?"

"응. 비호와 비영이 보낼 때가 되었다는 말이지요."

"거참 듣던 중 반가운 소리구나! 결국 살려서 장하다. 우리 딸!"

엄마의 칭찬을 들으니 기분이 좋아 콧노래가 절로 났어요.

혹시 배고픈 날 밖에서 힘 빠지면 먹으라고 아무도 몰래 살짝 화단에 들깨와 쌀 한 줌씩 뿌려 주었어요.

용케도 뒤쪽 화단에 나가기만 하면 어디서 보았는지 날아오는 비호와 비영을 보면서, 자연과 사람이 둘이 아닌 하나라는 것을 느꼈어요.

사이좋은 남매로 잘 살려무나. 안녕!

해반천 고추잠자리

해반천 들녘의 고추잠자리

내 볼에 살짝 와서 뽀뽀하고선

말도 없이 풀잎에 살짝 앉기에

살금살금 까치발로 잡으려는 순간

날 잡으면 용하지 놀려 대면서

하늘 높이 날아가는 고추잠자리

코스모스 들녘의 고추잠자리

꽃길 걷는 아이 이마 살짝 앉을 때

아이가 잡으려 손을 올리면

높이 날아 달아나는구나

메롱! 메롱 날 잡아 봐!

놀리며 날아가는 고추잠자리

코스모스 들녘의 고추잠자리

하늘은 더 높고 푸르르구나

붉은 꽃에 앉으면 서로 닮아서

살짝 앉아 있으면 아무도 몰라

메롱! 메롱 날 잡아 봐!

놀리며 날아가는 고추잠자리

동화의 나라 해반천

"부리는 붉고 온몸과 털은 새까만 색깔. 이 얼마나 멋진 패션이냐! 의상 디자인 전문가도 이런 내 모습을 보면 우아한 패션이라고 격찬할 거야."

암컷 물닭이 연둣빛 싱그러운 풀잎 물결 위로 미끄러지듯 헤엄을 치면 모두가 넋을 잃고 쳐다보았어요. 그중에도 유난히 좋아해 주는 멋진 수컷과 자주 만나면서 사랑에 빠졌어요.

"이젠 그만 놀고 우리 예쁜 둥지 하나 만듭시다."

"좋아요."

그날부터 둘은 열심히 집을 지어 새끼를 키울 둥지를 마련했고, 드디어 6개의 알을 낳고 3주간 정성으로 품어 알에서 병아리가 탄생했어요.

"참 신기한 일이야. 어쩜 나를 닮아 예쁘기만 할까!"

"어디 보자. 나도 닮았잖아요."

"그래요. 아름다움은 크나큰 기쁨인데 우리 아이들은 복을 타고났단 말이야! 어미로서 너무나 자랑스럽고 뿌듯해요."

"나도요."

물닭 가족 집은 작은 물풀이 되어 물 가운데 동동 떠 있어요.

그런데 문제가 생겼어요.

지나가는 아이들이 물풀 둥지를 발견하고는

"저기 물닭 집이야, 새끼가 참 예쁘네."

하고 보는 아이가 있지만, 간혹 호기심에 돌멩이를 던지기도 했어요.

"큰일이에요. 저쪽 숲에서 살 때는 물풀이 숨겨 주었는데……. 간밤에 세찬 바람이 불어 물풀 숲에서 사람들이 지나며 볼 수 있는 곳까지 둥지가 밀려왔지 뭐예요."

"봐요. 내가 뭐랬어요. 풀뿌리에 고정해 짓자니까. 당신이 갑갑하다며 움직일 수 있도록 짓자고 어깃장을 놓으니, 내가 당신 말 존중한다고 했는데 결국 이렇게 아이들이 위험에 빠졌잖아요."

"미안해요." 안절부절못하는 엄마 물닭을 보며

"지금 움직이면 더 위험하니 일단은 그냥 두고 밤에 이동합시다. 내가 좋은 자리 봐서 고정해 지을 테니까. 뱀이나 황소개구리 같은 천적도 피해야지요."

무서운 생각에 빨리 어둠이 오기를 기다려야 했어요.

혹시 아이들이 돌멩이를 던져도 새끼들이 다치지 않게 엄마는 가슴에 모두를 품고 밤을 기다렸어요.

새끼 물닭들은 무서워 눈을 꼭 감았답니다.

어둠이 내리는 해반천.

엄마 물닭은 새끼들을 지키고 아빠 물닭은 물풀이 우거진 숲속에서 열심히 새 보금자리를 만들고 있었어요.

풀줄기를 꺾어서 이번엔 움직이지 못하게 단단하게 고정해 놓았데요.

"너희들, 엄마가 올 때까지 여기 가만있어. 알겠니? 아빠 혼자 만드는 둥지, 엄마가 도와주어야 오늘 밤 안전하게 이사할 수 있으니까."

밤잠을 자지 않고 만든 집이 새벽에야 완성됐지요.

"휴! 드디어 완성이야."

"진작 당신 말을 들을걸."

"그래도 이만하니 다행이잖소. 아이들이나 옮깁시다."

"예~에, 이젠 마음이 놓여요."

단단하게 지은 집 물풀에 숨겨진 둥지!

낮이 되어 지나가는 아이들의 소리가 들렸어요.

"어~~ 여기에 있던 그 물닭 집 어디 갔어? 분명 어제는 있

있는데 밤사이 온데간데없이 사라지다니 참 신기한 일이네."

하며 지나가는 아저씨께 물었어요.

"아저씨, 저기 물닭 집이 어제까지 있었는데 누가 가져갔는

지 혹시 아시나요?"

"글쎄다, 관심 없어 보지 않았으니 난 모르겠는 걸. 네가

아마 잘못 보았을 거야."

"아니요. 잘못 볼 리가 없어요. 분명 어제 보았어요."

그랬더니 아저씨는

"허허 참!" 하며 가십니다.

얼마만큼 시간이 지나 어미와 새끼의 모습이 보였어요.

"봐요. 자랑스러운 우리들을!"

어미와 새끼들이 일렬종대로 미끄럼 타듯이 헤엄치며 보란

듯이 하천 물풀을 헤치며 벌레와 연한 풀잎을 먹고 장난도 치

며 노니는 모습이 보이네요. 또 저 위쪽엔 오리네 가족이 엄

마를 따라 동동 떠다니며 새끼를 키우고 있지 뭐예요.

"집 가까이에 이런 곳이 있다는 건 엄청난 행운인 걸요! 그 것도 절세미인 물닭의 무리가 이곳에 산다는 건 인간들에겐 축복이야. 그걸 모른다면 바보라 하겠어."

대자연의 아름다움과 신비를 온몸으로 느끼며 해반천의 고 마움을 노래했어요. 해반천아, 고마워!

해반천

하늘과 물은 사이좋은 친구

거울처럼 하늘을 비춰 주니까

바람은 샘을 내는 심술꾸러기

후~~욱하고 지나가면

물결을 일렁이며 하늘을 지우지

어리연꽃 물오리도 사이좋은 친구

새끼 오리 물장구에 길을 내주지요

미꾸리 개구리밥 아주 많아서

새끼들 쑥쑥 크는 밥이 되지요

해반천 맑은 물은 새끼 오리 놀이공원

갈대 속 둥지에서 소풍 나온 새끼 물닭

엄마 따라 졸졸 줄지어 헤엄치고

해반천 물 위는 동화의 나라

소소한 즐거움에 미소가 번지니

물결은 반짝반짝 윤슬로 빛나네

모은암(母恩庵)을 아시나요

김해의 명산 무척산은 서편에는 기암절벽이, 중턱엔 모은 암과 반대편에는 백운암이 있지요.

우리나라 불교 역사에 가야 불교가 시작된 곳.

이곳 김해 일대엔 은하사, 장유사, 동림사가 있답니다.

김수로왕의 장남 가락국 2대 거등(居登) 왕이 인도에서 오신 어머니인 허왕후의 은혜를 기리기 위해 지은 절이죠!

허 왕후가 인도에 있는 어머니를 그리며 지은 절이라는 설 이 있어요.

　이 모두 가락국의 왕가와 관련된 사찰로 수많은 설화를 간직하고 있는 것만은 사실이지요.

　산의 아름다움과 산정호수인 천지(天地)가 있어 더욱 신비스러운 산으로 여겨지고 있는데, 산정호수에도 얽힌 전설이 있지요.

　그 전설을 만나 볼까요?

　수로왕이 붕어하자 능 자리를 찾았는데, 이게 웬일인가요?

　명당자리에 왕의 무덤을 파는데 큰 물길이 솟구쳐 나와 모든 수단과 방법을 동원 했으나 허사였어요.

이때 허 왕후와 함께 아유타에서 온 신보가

"고을 가운데 가장 높은 산에 못을 파면 능 자리에 물이 없어지게 될 것이다."

라고 말했죠.

그의 말에 신하와 사람들이 무척산 꼭대기에 못을 파니 거짓말처럼 물길이 끊겨 무사히 장례를 치를 수 있었답니다.

능 자리에 나오던 그 물줄기는 무척산 정상에 파 놓은 못에 가득했지요.

지금도 샘물이 넘치고 있으며 겨울엔 아래로 내려온 물이 얼어 폭포를 연상케 하며 인기를 끌고 있어요.

이제 다시 모은암 이야기로 돌아와 볼게요.

거등왕이 가야국을 이끄는데 난관에 봉착하고, 포상팔국 전쟁이 일어나 끝없는 싸움에 지쳐 갈 즈음이었어요.

지성으로 어머님께 도와달라고 기도를 했는데, 어느 날 어머님이 정말로 꿈속에 나타났어요.

"아들아, 고생이 많구나. 너의 정성이 하늘을 찌르니 내 어찌 보고만 있겠느냐. 칠점산 참시선인께 지혜를 얻거라."

꿈에서 깨어난 거등왕은 어머님의 가르침에 신하를 보내어 참시선인을 모셨어요.

초선대 참시선인께 지혜를 얻은 거등왕은 전쟁에서 승리하면서 가야의 최고 중심 세력으로 성장했답니다.

칠점산 참시선인이 초선대에 내려와 거등왕과 바둑과 거문고를 치며 즐겼어요.

이렇게 되기까지는 어머님의 힘이 크다는 걸 깨달은 거등왕이 어머님의 은혜에 보답해 모은암을 지었다고 전해져요.

모은암 아래쪽에 흔들바위가 있어요.

거등왕이 모은암을 지었는데 천상의 어머님 영혼은

가야의 앞날이 순탄하고 행복하게 나아가기를 천지신명에게 발원하였어요. 이리하여 허왕후는 무척산에서 흔들바위의 얼굴로 나타나 가야와 백성들을 바라보며 수호하고 있데요.

'무척산 부부 소나무'라 불리는 연리지를 지나면, 그곳 통천문(하늘과 통하는 장소)을 거쳐 모은암이 있어요.

그 옛날 통천문은 무척산 천지연 인근 지금의 기도원이 세워진 자리에 있었는데, 지금은 흔적도 없는 옛 '통천사(通天寺)'의 폐사지.

지금의 모은암에는 조선 후기에 조성된 것으로 추정되는 석조여래좌상(경남 문화제 제475호)이 있으며 암자 주변에는 주위와 잘 어울리는 아름다운 풍광들이 한눈에 들어와 무척산은 '김해의 명산'으로도 불려요.

김해에는 모은암 말고도 부은암(父恩庵)이 있어요.

무척산에서 바라보면 부은암의 위치를 알 수 있지요.

부은암은 거등왕이 부왕인 김수로왕의 은혜를 기리기 세운 것으로 알려져 있어요.

밀양시 삼랑진읍 천태산에 위치한 부은암은 현재 그 명칭이 '부은사'로 바뀌었어요.

부은암의 유래를 설명하는 "OO왕, 부암(炎庵)" 등 40여 글자가 새겨진 암막새가 1980년 발견됐지만, 지금은 행방이 묘연해요.

발견 당시 학계에서 서로가 알아보겠다고 했는데 어디에서 없어졌는지 알 길이 없다고 해요.

인도에서 전해 내려왔다는 맷돌 모양의 '요니(인도에서 숭배되는 여성의 생식 기 상[像])'가 지금도 사찰에 있으며, 원효대사와 사명대사가 마고(麻姑 : 마고 이름을 가진 신선이 머물렀다고 해서 붙여진 이름) 석굴에서 수행했다는 유래가 전하는 기도처이기도 합니다.

통천(通天) 도량(度量)이 지금은 벗겨져 한눈에 글귀를 발견하기 어렵지만 가야불교의 중요한 단서라고 해요.

김해의 진산인 신어산과 무척산 그리고 밀양 천태산 부은사 사찰에 '통천'이란 글귀를 볼 수 있습니다.

삼랑진도 옛 가야인들이 살았던 곳이죠.

신어산의 은하사 종각 옆 바위에 신어통천(神魚通天)이 새겨져 있습니다.

언제인지는 정확히는 모르지만, 이것만 보더라도 가야불교의 요람이 김해인 것만은 확실해 보입니다.

또한, 당시에는 자암산이 있었는데 부모를 모시는 아들을 상징하는 암자가 자암입니다.

이렇게 자암이 있었던 곳은 지금의 봉화산이지요.

옛 산의 이름은 자암산이었고 2천 년을 내려오면서 암자도 자암에서 봉화사로, 현제는 근처에 정토원이 있답니다.

봉화산은 노무현 대통령 생가 뒷산을 말하며, 김해시 진영읍 본산리에 위치한 곳으로서 국내에서 가장 오래된 절터라 말할 수 있다고 합니다.

봉화산은 이제 더는 바뀌지 않을 것으로 나는 믿습니다.

그 길은 지금의 대통령 길이 되었고, 사자바위에는 선사시대에 제사를 올리던 자리가 아직 남아 있다고 합니다.

불모산의 단풍

햇살을 머금은 단풍잎!

도심에서 벗어난 사람들은 어느 꽃보다 아름답다고 탄성을 지릅니다.

고요한 밤 장유암에서 들려오는 목탁 소리!

실개천에 날마다 내 얼굴을 볼 수 있어 행운입니다.

이제 조용히 지난 시간을 뒤돌아보며 아름다운 마무리를 하렵니다.

4월 어느 날 연둣빛 친구들이 노래하며 춤추는 무도회가 성대히 열렸지요.

팡파르가 울리고 숲속 여기저기 연록이 융단을 깔던 날!

먼저 실바람이 "음! 음!" 헛기침으로 마이크 시험을 합니다.

"여러분, 이제부터 여러분은 독창적인 색채로 아름다운 그림을 그릴 겁니다. 그림에 제한은 없어요. 평소 본인의 실력을 맘껏 펼치세요. 기한은 늦가을 낙엽이 되어 심사위원께 드리면 됩니다."

"질문 있습니다. 심사위원이 누구죠?" 하며 떡갈나무가 말했어요.

"예! 심사위원은 이 산을 지켜 온 불모산 바위입니다. 자연에 배경이 되어주는 사람도 심사위원이면 더욱더 좋겠죠. 질문 있습니까?"

그러자 갈참나무가 가지를 흔들어 대며 말했어요.

"예! 우리들과 아무런 관계없는 사람들이 심사위원이라니!"

"갈참나무의 의문점을 설명해 드리자면 이렇습니다. 여기엔 수많은 나무와 풀, 산새들 고라니 멧돼지, 많은 식물과 동물들이 있지만, 그럼에도 불구하고 사람을 선택함은 여러분들도 보아 왔지만 우리들을 보러 오면서 '와! 아름답다!'며 자기감정을 솔직히 보여 주는 그리고 카메라에 담아 가는 모습을 보면서 심사위원 될 자격을 갖추었다고 생각해 뽑았습니다. 의문에 대답이 되었나요."

아무도 대답하지 않자,

"좋습니다. 그러면 심사위원은 바위와 사람입니다. 여러분, 혼신을 다하여 멋진 작품 만들어 우리 모두 자축하는 늦가을 불모산 실개천에서 만납시다."

실바람이 떠나고 저마다 열심히 그림을 그리며 봄맞이를 했어요.

낮게 깔린 비구름.

소나기가 한줄기 내리려고 캄캄합니다.

그때 산비둘기 한 쌍이 날아들었어요.

"아기단풍아, 잠시 비를 피하려고 왔단다."

"그래, 나도 알고 있어. 소나기는 항상 이렇게 오잖아. 금실 좋은 부부 같아 보기 좋구나!"

말을 채 마치기도 전에 소낙비는 천둥과 번개를 몰고 왔어요.

천둥번개가 잠잠해지자, 아기단풍은 말을 이었어요.

"비둘기야, 소나기가 싫지만, 숲에는 물이 필요해. 물은 생명의 원천이니까, 물이 있어야 풍요로움이 있단다."

"나도 비 오는 날이 싫었는데 네 말을 듣고 보니 소중한 소낙비구나! 한차례 앞이 보이지 않게 내리더니 금방 그쳤네. 아기단풍아, 고마워!"

"비둘기야, 안녕!"

비둘기가 떠나고 며칠 후 뻐꾸기가 날아왔어요.

"심심해! 할 일이 없어서……."

"심심하다니? 그게 무슨 말이야. 얼른 집 짓고 알을 낳아 새끼를 키워야지! 다른 새들은 벌써 둥지를 만들어 알을 품고 있는데……. 넌 지금 집짓기에 늦어! 곧 여름이 오는데 어쩌려고?"

"아기단풍아, 걱정 마! 난 내 할 일을 벌써 다 하고 왔다니까!"

"놀면서 언제?"

아기단풍은 어찌 된 영문인지 몰라 멍하니 뻐꾸기를 바라봅니다.

"넌 모르겠구나! 우린 집을 짓고 알을 품는 새가 아니야. 새끼는 튼튼하게 잘 자란단다. 왜냐면, 멧새나 개개비 또는 때까치, 노랑 할미새의 둥지를 몰래 엿보다가 그들이 자리를 비운 사이에 얼른 알을 낳고 도망가지. 알들은 그들의 새끼보다 먼저 부화하여 많은 먹이를 받아먹으며 빨리 자라면서 몸집이 커지면 진짜 어미의 새끼들을 밀어내어 땅에 떨어뜨려 혼자만 어미의 사랑을 받으며 성장해 뻐꾸기가 되는 거야! 야생의 본성, 생존의 냉혹함이라고 해야겠지! 종족 유지를 위하여 어쩔 수가 없단다."

"불쌍해라! 어미 새는 뻐꾸기 새끼를 자기 새끼인 줄로 알고 열심히 키우고 있다니!"

아기단풍은 뻐꾸기의 이야기를 들으며 안타까워 한숨을 쉽니다.

"넌 아직 야생의 냉혹함을 모르나 봐. 야생에선 강해야 살아남을 수 있다는 것을 사람들은 '약육강식'이라는 말로도 표현하지. 게다가 우리들만 대리모를 두는 게 아니라고."

"대리모가 무슨 말이야?"

"남의 새끼를 키워 주는 엄마라는 뜻이야."

"아하! 이제 알겠다."

"여름 철새로는 매사촌, 두견새, 벙어리뻐꾸기들도 다른 새의 둥지에 알을 낳고 떠나는 새들이란다."

"어떻게 이런 일들이!"

"사실 우린 둥지를 어떻게 만드는지 알을 품어 새끼를 어떻게 키우는지 전혀 몰라! 어머니도 할머니도 새끼를 키워 본 일이 없어 가르쳐 줄 수 없대."

"그래서 몰래 다른 새의 둥지에 알을 낳고 도망치는 뻐꾸기구나! 뻐꾸기란 이름이 아깝다.”

“응! 우리도 미안하단다. 그렇게라도 번식을 해야 살아남지.”

“네 말도 듣고 보니 이해가 되는구나.”

아기단풍은 많은 것을 뻐꾸기를 통해 듣고 알며 배웠어요.

뻐꾸기는 뻐꾹뻐꾹 봄이 간다고 노래하며 멀리 숲으로 날아
갑니다.

이제 봄의 끝자락.

생동감 넘치는 숲속의 식구들이 짙푸른 잎으로 옷을 갈아입
었어요.

작은 새 한 마리가 급하게 품에 안깁니다.

“작은 새야, 무슨 일 있었니?”

“쉿, 조용해! 난 숨을 곳이 필요해.”

“알았어.” 얼른 가슴을 열어 꼭 안아 줍니다.

그리고 하늘을 쳐다보니 황조롱이가 날개를 펴고 숨겨 놓은
작은 새를 찾고 있어요.

한참을 빙빙 돌던 황조롱이는 고개를 갸우뚱거리며 사라 졌어요.

"얘! 이젠 안심이야. 황조롱이가 떠났어."

"휴! 이제는 살았구나! 독수리, 매, 황조롱이는 무서운 맹 금류로 우리들의 천적이야. 어휴! 정말 무서워. 잎이 무성하 고 짙푸르니 사나운 새들로부터 보호받을 수 있어 얼마나 다 행인지. 단풍잎아, 고마워."

아기단풍은 행복합니다. 누군가의 보호막이 되어 줄 수 있 다니까요.

여름 방학인지 학생들이 많이 오고 있어요.

무슨 말을 주고받는지 깔깔 웃는 모습은 싱그럽고 아름다우 며 행복해 보입니다.

단풍잎이 예쁘다며 사진을 찍자, 아기단풍은 갑자기 배우 가 된 기분입니다.

"학생들이 사인해 달라고 부탁하면 어쩌지?"

순간 얼굴이 붉어졌어요.

그렇지만 여름이 마냥 좋은 것만은 아니에요.

때론 심술궂은 태풍이 세차게 불면 멍들까 봐 얼굴을 가렸습니다.

"얘! 태풍아, 그만해! 이제 너의 집 태평양으로 돌아가. 내 얼굴에 상처가 생기면 늦가을 축제에 참석할 수가 없단다."

"싫어! 한반도 이곳저곳 두루 구경하고 가야지. 나도 한번 오기가 얼마나 힘든데 이 좋은 기회를……."

"고집불통 태풍은 아무도 못 말려!"

그렇게 태풍도 여름도 지나갔어요.

산들바람이 가을을 몰고 와, 아기단풍의 잎은 붉게 물들었어요.

"이만하면 올해의 최고상은 내가 받고 말 거야! 난 내가 봐도 아름다워! 사람들이 심사위원이랬지? 사람들이 탄성을 지르며 사진 찍고 행복해하는 것만 봐도 난 알 수 있어."

"얘, 너무 자신만만하게 좋아하다 낙선하면 그 실망이……."

하며 씨앗 단풍이 충고를 합니다.

"벼가 익으면 고개를 숙이듯 미리부터 촐랑대지 말고 점잖게 품위를 지켜. 가만히 눈 감고 자연이 들려주는 소리에 귀 기울여 봐."

그 말을 들은 아기단풍은 이파리를 가볍게 살랑이며 말했어요.

"내가 너무 경솔했나 봐. 고마워. 씨앗은 가벼운 나와는 차원이 다르구나!"

적절한 시기에 단풍나무를 만드는 씨앗이지요.

"이젠 조용히 기다리며 아름다운 배경이 되어 주어야지."

실개천으로 갈 날을 기다립니다.

하얀 서리가 내린 노부부의 다정한 모습을 마지막으로 실개천에 떨어졌어요.

"얘! 넌 이제 오니? 멋있게 한껏 뽐내며 왔구나!"

먼저 온 은행잎이 반갑게 맞이합니다.

그러자 곁에 있던 떡갈나무 잎이 소리쳤어요.

"와~아! 모두 아름답게 그림을 잘 그렸네. 색칠도 멋지고, 품격 있는 작품이야!"

실개천에 모여든 단풍들을 저마다 아름다운 옷으로 치장하고 잔치에 흥을 돋웁니다.

그때 실바람이 나타났어요.

"흠! 여러분 오랜만에 뵙습니다. 오늘은 여러분이 기다리는 축제의 날! 특선과 장원을 뽑는 날입니다. 모두 예쁜 옷으로 몸단장 잘하셨지만 그중에서도 누가 제일 멋있고 아름다운지 기대가 되지요?"

그때 사회자의 손에 바위의 심사평이 전해집니다.

주위가 웅성웅성 '누가 최고일까?' 귀를 쫑긋 세우고 있어요.

"오늘의 특선 단풍잎! 두 번째 장원은 은행잎! 다음은 굴참나무 잎입니다. 모두 큰 박수로 환영합시다."

아기단풍은 행복한 눈물을 흘렸습니다. 사회자의 말이 흐릿하게 들려옵니다.

"내가 단풍잎을 특선으로 뽑은 것은, 첫째 많은 사람에게 환상적 아름다움을 선물했으며, 두 번째는 여러 새의 안식처와 배려가 돋보였으며, 세 번째는 모르면 물어보고 배우려는 정신을 높이 평가했기 때문입니다. 모두들 저의 심사평에 의의 있습니까?"

그러자 돌단풍이 물었어요.

"사람은 왜 심사평을 하지 않나요?"

"날마다 이곳에 와서 여러분들을 보고 또 봤지요. 그것이 심사평입니다. 이제 이해가 되셨나요. 돌단풍?"

"예, 불평 없어요."

"그럼 또 다른 질문 있으면 받겠습니다."

조용히 말이 없습니다.

"여러분 모두 공정했다고 인정하며 심사평을 마칩니다."

실바람이 사라지자 모두들 쪼르르 아기단풍에게 다가가 축하 인사를 건넵니다.

"고맙습니다. 이 모든 영광을 자연에 돌립니다."

말을 마치지도 않았는데 심술꾸러기 회오리바람이 불어 아기단풍은 다시 땅에 떨어졌어요. 친구들의 그림 솜씨를 볼 시간도 없이 아쉬움을 안고서…….

얼마 후 흰 눈이 대지를 온통 은빛 세계로 바꾸어 버렸습니다.

아기단풍은 눈 속에 잠겨 뒤돌아봤어요.

'이른 봄부터 뿌리에 물을 줄기까지 올려 잎을 피웠고, 열매를 만들어 멀리멀리 날려 다음 세대를 준비했으며, 이제 낙엽되어 흙에 떨어졌으니 이젠 퇴비가 되어야지.

건강한 대지를 위해서!'

동시

얼음

해반천 산책길

찌~직 얼음 갈라지는 소리

얼음은 추워서 좋다는 노래일까

물이 얼음을 싫다고 밀어내는 소릴까?

옹기종기 얼음 숨구멍에 모여든 오리들

회의를 하나 보다

돌을 던져 두께를 재어 본다

띵 소리를 내며 미끄러지는

누군가가 던졌던 얼음 위에 돌

숨구멍 물 위쪽 놀던 오리 떼

파란 풀을 보고 종종걸음

언덕으로 올라온다

오리들이 놀라 달아날까

가던 길 멈추고 돌다리 건너가면

대장 오리 앞장서 꽥꽥

신이 나서 모두 따라 꽥꽥

난 알지 꽥꽥

시베리아에서 왔다는 걸

뿔논병아리

"바다에서는 그만 살고 이제 조만강(장유사에서 내려온 물과 해반천이 합쳐진 곳)으로 내려갑시다."

엄마는 아빠에게 말했어요.

"떠나자고요? 왜 아직은 이르잖소. 이렇게 넓고 푸른 바다에 둘만이 있는 시간이 얼마나 편하고 행복한데 조금만 더 머물다 강으로 갑시다."

"할 일이 태산처럼 쌓였는데 태평스럽게 더 쉬었다 가자니요."

우리는 강과 바다에서 생활하는 새입니다.

이른 봄 조만강 갈대숲 끝자락에 보금자리를 만들어 알을 낳고 3주간 따뜻하게 품어야 새끼가 태어납니다.

강에서 하늘을 나는 연습, 물고기 잡는 법 모두를 엄마 아빠한테 배워서 햇살 좋은 가을날 넓고 큰 바다로 떠나지요.

"인제 그만 갑시다. 늦게 가면 좋은 자리 물닭에게 빼앗겨요."

"그래요! 바다 위에서 우리들의 열정 사랑의 하트 춤 멋지게 한번 추고 갑시다. 갈매기와 바다오리에게 작별의 인사로 말이죠."

"좋아요."

부부는 멋지게 다른 새들이 보란 듯이 하트 춤을 춥니다.

곁에 있던 갈매기가

"와, 멋지다. 쟤들은 환상의 커플이야. 어쩜 저렇게 아름다운 춤을 출까?"

부러운 눈으로 쳐다봅니다.

그러자 뿔논병아리 부부는 더 힘차게 목을 구부리며 파도 소리에 리듬 맞춰 하트를 만들어 냅니다.

건너편 바다오리 부부는

"흥! 우리도 저런 춤쯤이야 식은 죽 먹기지! 저 뿔논병아리 부부보다 더 멋지고 아름답게 우아한 모습으로 춤을 춥시다. 한둘 시작!"

아니, 저런 춤도 있었나?

하트 춤은커녕 물속으로 들어갔다 나왔다만 반복하고 있습니다.

그 모습을 바라본 갈매기가

"아이고, 쟤들은 저것도 춤인가? 숨바꼭질하는 것이지. 하! 하! 우습다. 우스워! 우리들처럼 못하면 가만히 구경이나 하고 있을 것이지!"

라고 말하더니 목젖을 드러내 보이며 웃습니다.

"우리 아이들, 참 예쁘지요."

"당신을 닮아 예쁘고 잘 생겼나 봅니다."

그 말에 기분 좋아 아빠를 쳐다봅니다.

아빠도 흐뭇한지 빙그레 웃습니다.

갈대가 이 모습을 보며 고슴도치도 자기 새끼는 예쁘다는 말이 이해가 간다고 말하고는 웃습니다.

갈대는 엄마 아빠가 이곳으로 이사 와서 집수리하고 아이들 태어나는 모습 모두를 지켜보았으니까요.

건너편 원앙새 엄마가 한마디 합니다.

"아이들 여럿 키워도 업어주지 않는데 등에 업고 키우다니 얼마나 힘들까? 우리처럼 키우지!"

"우리 아이들은 아직 어려서 업고 다녀야 안전하답니다. 붉은목거북이가 호시탐탐 아이들을 노리고 있으니 불안하고, 이곳저곳 자연학습도 안전하게 할 수 있고, 또 체온도 적절하게 유지하는 데는 등에 업고 키우는 것이 최고이지요."

원앙새는 그제야 고개를 끄덕이며

"그렇군요." 하며 아름다운 깃털을 뽐내며 날아갑니다.

한 달이 지났습니다.

새끼 뿔논병아리 삼 형제는 엄마 아빠의 등이 비좁을 정도로 훌쩍 컸어요.

엄마는

"아이들이 이젠 자기 앞가림하니까 두 번째 아이들을 키워 봅시다."

"당신이 힘들지 않겠소? 곧 날씨가 더워지고 유월의 장맛비와 싸워야 할 텐데……."

"자식 키우는 일인데 고생이랄 것이 있나요?"

"그렇게 생각한다면 또 키워 봅시다."

그날부터 엄마는 동생을 품고 아빠는 우리 삼 형제를 돌보며 역할 분담으로 바쁜 하루를 보냅니다.

엄마는 동생을 품고 있으면서도 우리 형제를 살핍니다.

물위를 나는 연습이 부족하고 좀 더 강한 훈련이 필요하다며 물고기 잡는 방법은 물론이고 물위로 사르르 미끄러지듯 물 타기를 하라는 등……

　엄마는 참 잔소리꾼 같아요.

　"얘들아, 곁눈 살피지 말고 아빠를 잘 보아라."

　"물차기를 빠르게 해야 하늘을 날아오를 수 있어!"

　아빠는 잘되는데 우린 연습을 반복해 보지만 만만찮습니다.

　마음은 훤한데 말이지요.

　아빠처럼 되지 않아 속이 상합니다.

　"막내야, 넌 아직 물을 타기가 서툴러. 어서 다시 해 보렴!"

　"엄마, 열심히 배우는데 서툴다 말하면 속상해요."

　"게을리 하면 물고기를 줄이세요. 그리고 잘했을 땐 보너스로 큰 물고기를 잡아 선물로 주세요."

　아빠는 빙그레 웃으며

　"예, 마님" 하십니다.

　엄마가 미워요, 엄마의 교육 방법이 좋다는 아빠와 찰떡궁합입니다.

차츰 날씨가 더워지기 시작하더니 가만있어도 이마에 땀방울이 맺힙니다.

엄마는 곧 태어날 동생이 더위를 먹을까 봐 일어나서 날개로 부채질하고 시원하게 그늘도 만들어 주어요.

더위가 이어지더니 하늘이 컴컴해지며 장맛비가 쏟아집니다.

세찬 비를 몸에 받으며 열심히 알을 품어 동생이 춥지 않게 했습니다.

우리는 갈대숲에 몸을 숨기고 잠시 비를 피했습니다.

그렇게 몇 날을 보내고 여섯 개의 알에서 네 개의 알이 부화하여 동생들이 나란히 엄마 아빠 등을 타고 처음 강물로 나들이합니다.

우리는 동생들 주위에 빙 둘러서 탄생을 축하했습니다.

큰오빠는 동생을 업고 싶어 엄마 등 뒤에 바짝 붙어

"내가 큰오빠야! 오빠가 업어 줄게. 엄마 등에서 내려와, 동생아."

그러자 엄마가

"그럼 엄마가 고기 잡아 올 때까지 부탁할게!"

엄마가 물고기를 잡으러 가자, 오빠는 등에 동생을 업고 물속으로 헤엄쳐 들어갑니다.

우린 다른 새와는 다르답니다.

사람처럼 언니나 오빠가 동생을 업고 돌봐 주듯 형제들이 동생을 업어 주며, 부모님이 물고기를 잡아 올 때까지 동생을 돌봅니다.

네 명의 탄생 축하 파티는 그렇게 끝났습니다.

어두운 밤이 되었으니까요.

다음 날 아침 눈을 뜨니 큰일이 일어났습니다.

어제 태어난 동생이 한 명밖에 보이지 않아요.

간밤에 붉은목거북이의 습격을 받았나 봅니다.

모두 깊은 잠에 빠지자 그 틈을 타서 소리 없이 동생들을 잡아간 거죠.

넋이 나간 것처럼 앉아 있는 엄마에게 아빠가 용기를 줍니다.

"저기 두 개의 알이 있으니 다시 힘을 내어 품어 봅시다."

엄마는 말없이 고개만 끄덕입니다.

엄마가 알을 품은 지 채 하루도 되지 않았는데 큰언니가 다급하게 외칩니다.

"엄마, 빨리 도망쳐! 엄마 등 위에……."

깜짝 놀란 엄마가 등 뒤를 돌아보는 순간, 유혈목이가 엄마 쪽으로 다가오고 있었습니다.

엄마가 재빨리 물속으로 풍덩 몸을 숨기며 외칩니다.

"얘들아, 모두 여기를 피하자!"

엄마도 아빠도 유혈목이를 이기지 못합니다.

유혈목이는 뱀의 이름입니다.

진한 녹색에 목 주위에 붉은 무늬를 끼고 있어요.

유혈목이 큰 놈이 입을 떡 벌리며 알을 삼키려 애를 쓰다가 알이 커서 입에 들어가지 않자 이내 포기하고 풀밭으로 스르르 사라집니다.

무서워서 두 개의 알이 있는 곳에 갈 수 없어 떠났습니다.

가족이 떠난 후 유혈목이도 사라졌어요.

갈대가 안타까워 엄마 아빠를 향해 오라고 손짓합니다.

아직 살아 있으니 따뜻하게 안아 주라고 큰 소리로 불러도 말을 잘못 듣고는 더 멀리 갔습니다.

"큰일 났네! 어쩌지." 걱정하는 갈대.

춥고 떨리며 무섭습니다.

나는 태어나지 않은 두 개의 알 중 하나.

다행히 날씨가 따뜻하여 하루가 지나자 난 태어날 수 있었습니다.

기쁨도 잠시 사방을 둘러보아도 아무도 없어요.

깃털이 마르고 힘이 생겨서 엄마 아빠를 부르며 삐악삐악 울고 또 울었습니다.

한참을 울다 보니 멀리서 뿔논병아리 가족이 나를 보며

"얘가 누굴까? 어디서 왔지?"

이상하다는 듯 쳐다보아요.

그러나 난 한눈에 알아보았습니다.

그들이 나의 가족이라는 것을요.

갈대, 집에서 퐁당 몸을 강물에 던져 엄마 곁으로 헤엄치기 시작했습니다.

"엄마 아빠, 나 몰라요? 막내잖아요."

큰 소리로 외치며 엄마께 다가서니, 엄마도 그제야 알아보고 몸을 낮추어 쉽게 엄마 등에 업힐 수 있었습니다.

"휴, 고생 끝이야. 이젠 정말 살았구나! 난 혼자가 아니야."

사랑하는 가족을 만났으니까요.

갈대는 그런 내 모습을 흐뭇한 표정으로 바라보며,

"어려워도 포기하지 않고 끝까지 시련을 극복하면 좋은 날이 오지. 아무렴! 오고말고."

잘되었다고 고개를 끄덕입니다.

긴 하루해는 서산으로 넘어가 노을이 붉게 물들고 있어요.

강물도 함께 물들었어요.

쌍둥이 형제와 가희

아침을 깨우는 카나리아, 호금조.

리본 넥타이를 맨 멋쟁이 금정조.

잉꼬, 문조들의 노랫소리에 눈 비비고 일어났지요.

어릴 때부터 산촌에 살아선지 새들의 지저귐 소리가 좋아요.

"혜라야, 할머님이 편찮으셔서 시골 갔다가 내일 온단다.

새 밥과 물이 없으면 채워 주렴."

"예, 엄마. 저도 잘해요. 할머니 살펴 드리고 천천히 오세요."

"엄마가 맡겨 놓고 가도 안심이겠지?"

"그럼요, 저도 잘할 수 있어요."

이렇게 새들도 가족입니다.

가끔 이웃집은 시끄럽다고들 하지만, 아침에 눈 뜨면 맑은 새소리가 산속에 사는 느낌을 주기도 한데요.

참 다행한 일이죠.

우리 가족은 해반천 가까이 작은 아파트에 사는데 새들이 예쁘다고 구경 오는 학교 친구들과 이웃집들이 많아요.

촉촉이 봄비 내리던 어느 날 학교에서 돌아오니 비둘기 두 마리가 집에 와 있어요.

며칠 후에는 까치 한 마리가 또 집에 와 있네요.

"뭐예요? 까치와 비둘기를 키운다고?

"그럼 어쩌니. 우리가 한번 키워 보자."

잘 아시는 분 부탁을 받았대요.

새끼 비둘기는 주촌 농장 집 아저씨가 나무를 자르다가 발견했는데, 어미를 기다려도 오지 않아 열대어와 새를 판매하는 집에 가지고 온 거래요.

새를 파는 집이니까 당연히 잘 키우겠다는 생각을 한 거죠.

새끼 까치는 어미가 전신주에 둥지를 틀었는데 전기합선이 자주 일어나 한국전력 아저씨들이 철거하던 중에 발견하여 구조해 온 거래요.

새와 열대어를 잘 키우시는 엄마에게 열대어 가게 주인이 SOS를 친 거랍니다.

"엄마, 아직 날개도 없는데 어떻게 키우지?"

"생명이니 최선을 다하자꾸나. 엄마랑 함께 잘 키워 날려 보내자꾸나. 혜라야, 까치와 비둘기에게 네가 예쁜 이름을 지어 주렴."

"그래요. 이름은 짓지만 잘 키울 수 있을까요?"

"그럼 할 수 있지! 엄마가 있잖니."

이렇게 까치는 '가희' 비둘기는 '쌍둥이'라 이름 지어 부르며 엄마가 가르쳐 준 방법대로 핀셋으로 먹이를 집어 조금씩 입에 넣어 주었고, 물은 요구르트 빨대로 주며 하루하루

를 힘들게 넘겼어요.

상쾌한 아침, 엷은 안개와 나풀거리는 바람 맞으며 펄쩍펄쩍 뛰면서 학교에 갔어요.

"왜냐면요, 나의 속셈은?"

가희와 쌍둥이 이야기를 친구들께 자랑하고픈 마음과 관심도 받고파서요.

아니나 다를까, 역시 내 예상이 맞았어요.

새끼는 잘 자라는지, 무얼 먹는지 등등 물으며 친구들의 시선이 집중되었답니다.

친구들에게 둘러싸인 느낌 아시죠?

솔직히 말하면 저보다 엄마의 도움이 더 큰데 말이죠!

학교에서 집으로 돌아와 앞으로 가희와 쌍둥이를 더 잘 키워야겠다는 생각을 했지요.

"엄마, TV를 보면 새끼들이 어미가 물고 온 벌레를 서로 먼저 먹겠다고 입을 크게 벌리며 경쟁을 하는데, 가희는 입을 벌리지 않아요?"

"쌍둥이 새끼도 가희처럼 똑같이 행동하잖니? 새끼들 눈엔 우리가 거인으로 보이겠지. 어미의 냄새나 날갯짓 그리고 소리로 엄마를 알아보며 벌레를 잡아 입에 넣어 주면 받아먹었는데 우린 다르잖아. 새끼는 태어나자마자 첫날 엄마의 목소리를 익히는데 가희와 쌍둥이는 이미 어미 새와 교감했고 환경과 먹이랑 집이 모두 바뀌었으니 우리들이 주는 것에 입을 크게 벌리진 않을 거야."

"엄마 말씀을 듣고 보니 알 것 같아요. 하지만 날마다 억지로 입을 벌려서 먹이는 건 좀 아닌 것 같아요."

"그렇지만 별도리가 없단다. 그렇게라도 주지 않으면 살지 못하니 고생을 하더라도 열흘쯤 키워 주면 그땐 혼자서도 먹을 수 있단다. 그때까지만 잘 돌봐 주자."

"예, 알겠어요. 그날이 빨리 왔으면 좋겠어요."

"그건 엄마도 마찬가지야."

구름 사이로 아침 해가 얼굴을 쏙 내밀어요.

싱그러운 5월입니다.

가희와 쌍둥이가 온 후론 친구들과 놀기보다 엄마랑 합심하여 가희와 쌍둥이가 잘 자라도록 돌보는 일만 했어요.

먹이 주는 시간을 정해서 2시간마다요.

주로 생콩가루와 멸치 가루 참깨를 넣고 쇠고기를 다져 소화가 잘되게 영양제를 넣은 식단이지요.

엄마는 조류 박사님 같아요.

2주 정도 정성으로 키웠더니 가희와 쌍둥이의 날개에 검은 털이 돋아난 게 제법 까치와 비둘기 같아졌어요.

물과 먹이통을 새장에 넣어 주니 배고프고 목마르면 혼자서 먹을 수 있게 되었지요.

일주일을 더 자라선 내가 언니인 줄 알고 새장을 열어 주면 거실과 방에 조금씩 날며 걸어 다녔지요.

"엄마, 봐요. 가희가 날아서 여기까지 왔어요."

너무 기뻐 엄마께 큰 소리로 말했지요.

"그렇구나, 이제부턴 새장 문을 닫지 말고 베란다에 꽃과

나무가 많으니 그냥 두렴."

"그래도 될까요?"

"그럼! 베란다에 놀다 배고프면 들어가 먹고 잠자고 마음대

로 드나들어야지."

"엄마는 역시 새 박사님이야."

베란다와 방문이 연결된 창을 열어 놓으니 방에 새똥과 깃털이 떨어졌어요.

"혜라야, 가희와 쌍둥이 날개에 힘이 있어야 자연으로 돌려보낼 수 있어. 그래서 연습이 필요해."

"무슨 연습이 필요해요? 처음에는 돌려보내려 했지만 키우면서 정이 들어서 보낼 수 없을 것 같아요."

"아니야, 날개에 힘 올리는 연습을 부지런히 해서 야생의 세계로 보내야 한단다. 우리 그러기로 하고 키웠잖아."

"처음에는 그랬지만 지금은 싫어요. 소중한 내 친구들인데……"

"키우면서 정이 많이 들었구나! 그래도 돌려보내야지, 마음대로 훨훨 날 수 있는 곳으로."

장미의 계절.

이제는 베란다 창문을 열어두면 창틀에 앉아 밖을 바라보다 고무나무에 앉아 밖을 바라보며 가고픈 눈빛을 뿜어내는 가희!

쌍둥이는 조금 늦지만, 날갯짓을 시작합니다.

"혜라야, 너도 친구들과 놀다 오는데 가희와 쌍둥이가 친구 없이 지내면 좋겠니? 이젠 보내자꾸나."

며칠을 두고 엄마 말씀을 곰곰이 생각해보니 맞는 말씀 같았어요.

"엄마, 가희와 쌍둥이 모두 돌려보내요."

"우리 딸, 큰 결심했구나! 자연의 아름다움은 서로가 품고 품을 때 아름다운 것이란다."

막상 보낸다고 마음을 먹으니 아쉽기는 하지만, 창공을 자유로이 날아갈 쌍둥이와 가희에게 해와 달님 그리고 바람이 반갑게 맞아 줄 거예요.

이제는 쌍둥이가 힘차게 날아다녀요.

학교 수업이 없는 토요일 아침.

엄마는 이제 가희와 쌍둥이를 떠나보내야 할 시간이 되었다고 하네요.

나는 엄마 따라 넓은 들녘 신포답(칠산)으로 갔어요.

"얘들아 잘 가렴. 넓은 세상으로!"

가희를 먼저 힘껏 하늘 높이 던졌어요.

가희는 스스럼없이 날개를 펴며 북쪽으로 날아갔어요.

"잘 가렴. 가희야, 아프지 말고 다치지 말고."

"이젠 쌍둥이들 차례야. 너희 둘은 떨어지지 않고 항상 같이 다니며 서로를 챙겨야 해."

작별 인사를 하고는 또 힘차게 던졌어요.

그런데 이상하게도 멀리 날아가지 않고 공중을 빙빙 몇 바퀴 돌더니 내 어깨 위에 앉았어요.

"쌍둥이들아 참 고맙구나!"

순간 가슴이 뭉클했어요.

"키워 주어 고맙다는 인사를 하다니, 그래. 너희들의 예쁜 마음을 잘 알았으니 더 늦기 전에 가렴. 나도 너희들이 잘 자라 주어 고맙단다."

두 번이나 인사를 하는 귀염둥이들.

세 번째는 아까보다 더 높이 엄마랑 내 머리 위를 빙빙 돌더니 조만강이 흐르는 방향으로 날아갔어요.

"잘 자라서 고마워. 사랑해, 쌍둥이와 가희야!"

날아가는 모습을 보면서 잘했다는 생각에 가슴이 따뜻해졌어요.

징검다리

밤새 내린 봄비에 서둘러 길 떠날 채비를 합니다.

흙냄새(새 물) 맡으며 물 따라 한참을 올라왔어요.

"여기 누구 없어요?"

두리번거리며 사방을 둘러봅니다.

"누가 나의 단잠을 깨우는 거야!"

미꾸라지 한 마리가 부스스 땅속에서 올라옵니다.

"미꾸라지야, 여기가 어디니?"

"잉어구나! 여긴 샛강에서 올라오면 박물관 앞인데 넌 어디서 왔기에 이곳을 모르니?"

"난 낙동강 끝자락 조만포서 살다 수초가 많은 이곳에 알을 낳으러 왔단다."

"그럼 좋은 장소 찾아봐, 난 아직 더 자야 해!"

미꾸라지는 하품하며 땅속으로 들어갑니다.

눈부신 아침!

소나무 그림자가 물 위에 비칩니다.

"환경은 좋은데 내가 찾는 곳은 아니야. 새끼들이 잘 살 수 있는 곳으로 자리를 잡아야 해."

아래로 내려왔어요.

물가엔 여기저기 수생 곤충들의 짝짓기가 이루어지고 있었어요.

여린 물풀의 떨림으로 알 수 있죠.

"여기가 좋겠다!"

자리를 봐 두고는 새로운 곳이기에 이리저리 둘러보며 돌다리 사이로 지나갑니다.

그런데 큰일 났어요!

갑자기 통로가 좁아지는 바람에 빠져나갈 수가 없었답니다.

비늘이 있어 거꾸로는 움직이지 못해요.

"도와주세요! 몸을 움직일 수 없어요."

살려 달라 소리치자, 때마침 그곳을 지나치던 친구 잉어가 내 목소리를 들었나 봅니다.

"어떻게 되었니?"

"실수로 벽돌과 벽돌 틈에 몸이 끼여 빠지지 않아!"

"영치기 영차!"

그런데 이게 웬일인가요?

나를 구하려 했던 친구조차 빠지고 말았습니다.

힘을 다했지만 움직이면 몸이 벽돌 틈에 끼어 숨이 막혀 옵니다.

누군가의 도움이 꼭 필요합니다.

건너기 좋게 하려고 놓은 징검다리 틈에 끼였습니다.

알 낳기 좋은 장소라고 들어가 참변을 당한 거지요.

이렇게 좁은 공간인 줄은 정말 몰랐습니다.

지나가던 아줌마가 물아래 우릴 발견했어요.

"어머! 너희들, 잉어가 아냐? 어쩌다 여기에 끼었니?"

아줌마는 맨손으로 잡아 보지만 미끄러워 잡지를 못해요.

"어쩌지?"

주머니에 있던 장갑을 끼고 친구를 올립니다.

우리가 크고 꽉 끼어 아줌마도 한 번에 할 수 없는지 몇 번을 반복하여 겨우 물 밖으로 건져 올렸어요.

"와! 아주 큰 잉어구나! 그런데 이건 또 뭐지? 또 잉어가 있잖아!"

물속 깊이 손을 넣어 나를 올립니다. 손이 시린지 입김을 호호 불면서요.

"먼저 올린 잉어는 살릴 수 없네! 이 녀석만이라도 빨리 돌려보내자. 배가 불룩하도록 알을 가졌네."

그렇게 하여 구사일생으로 살아난 나!

고맙다는 인사도 제대로 하지 못하고 돌 틈을 벗어났습니다.

"휴! 참 다행이야."

정신을 차리고 친구를 보는 순간 큰일 났어요.

친구가 힘없이 물 위에 둥둥 뜨며 숨을 몰아쉬고 있어요.

"여기까지 우리들이 어떻게 왔는데 이렇게 맥을 놓으면
어쩌니?"

"너랑 함께하지 못해 미안해."

"아니야, 네가 미안해 앞을 잘 보지 못해 너를 이렇게 만
들었구나!

한 폭의 그림인 아름다운 샛강!

나는 어리연꽃과 수초 그리고 부들이 있는 좋은 자리에 알을 낳고 며칠 동안 근처를 지켰어요.

부화를 위해서지요.

그때 입이 큰 배스가 알 냄새를 맡고 다가옵니다.

"저리 가지 못해!"

"넌 어디서 왔는데 나보고 가라고?"

나와 배스의 싸움에 지나가던 붕어와 붉은귀거북이 구경합니다.

배스가 필사적으로 알들을 지키려는 내게 밀려나며

"잉어의 알은 맛있는 보양식인데."

입을 쩝쩝 다시며 사라집니다.

석양이 곱게 물드는 저녁, 혹시라도 내가 잠에 들면 알을 모두 도둑맞아요.

밤새도록 보이지 않는 적들로부터 알을 지키다 아침 산책로를 걷는 사람 소리를 듣고 나서야 겨우 숨을 돌립니다.

"이젠 안심이야 휴식이 필요해!"

그러자 곁에 있던 수초가 말을 건넵니다.

"잉어야! 물의 움직임을 느끼며 쉬어야 해. 배스나 붉은귀
거북이 호시탐탐 노리니까!"

"그럼 잠시만 부탁해, 수초야!"

잠시 간밤에 못 잔 잠을 자고 있는데 첨벙첨벙 걸어오는 발
자국 소리!

"얘 잉어야, 일어나!"

깜짝 놀라 눈을 떠 보니 황소개구리가 알 가까이에 다가
왔어요.

그러다 수초 속 큰 내 모습을 보자 황소개구리가 깜짝 놀라
황급히 달아납니다.

"수초야, 고마워!"

"요즘 외래종이 많아 토박이들이 밀리니 조심해야 해."

"난 몸집이 커서 다행이야! 이제 하루만 더 고생하면 조만
포강으로 가야지."

생명의 젖줄 샛강!

주위에는 바글바글 잉어 새끼 무리들.

"모두 잘 살아라. 큰 강으로 간단다. 안녕!"

나는 수초와 부들이 많아 새끼들이 숨기 좋은 곳을 찾아 주
고 떠났어요.

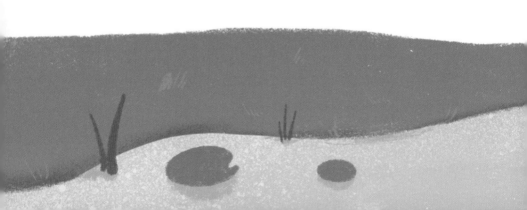

이곳은 낚시 금지 지역으로 여름이면 백로와 왜가리가, 겨울철이면 청둥오리와 고방오리들이 쉬어 가는 곳.
수생 곤충의 보금자리이며 살아 숨 쉬는 해반천!

봉황역

전철을 타고 갈 출근길

역 대기실에 기다리는 동안

휴대폰만 만지작만지작

앉았다 일어난 빈 의자

덩그러니 내 지갑 남겨 놓고

발 동동 구르며 되돌아온 자리

고운 분 냄새 풍기듯

향기롭게 다가온 청소부 아줌마

미소 지으며 건넨 지갑

봄 아씨 같은 마음씨

안도의 숨 쉬며 떠나갈 즈음

손마저 흔드는 천사 같은 그녀

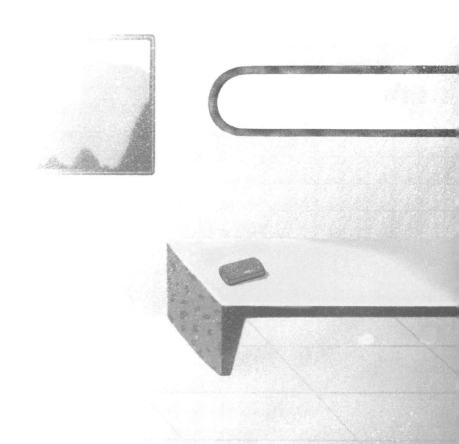

초록빛 은하수

반딧불이 또 다른 이름은 개똥벌레!

잃어버린 반쪽을 찾아 여름밤 하늘을 수놓아요.

반딧불이 사는 곳은 풀벌레 소리 가득한 서재골 샘가.

꽃창포에 잠시 내려와 쉬고 있어요.

그때 나풀나풀 사향제비나비가 언제 왔는지

"얘! 넌 개똥벌레가 아니니? 아이, 지저분해. 하필이면 내 자리에 앉아 있네! 저리 비켜!"

늦게 와서는 자기 자리라고 비키라고 하네요.

"촌스럽게 개똥벌레가 뭐니, 반딧불이라 해야지! 그리고 이 곳에 주인이라고 적어 놓은 표시라도 있니?"

톡 쏘아붙이는 호박벌.

"미안해! 여기에 앉으렴. 호박벌, 네 곁에 앉을게."

호박벌이 자리를 당겨 주며 말했어요.

"네 곁에 앉아!"

"천박한 개똥벌레와 어떻게 친구 하니? 아이, 오늘은 기분 나빠."

사향제비나비는 기분이 나쁘다며 다른 곳으로 날아갑니다.

그때였어요.

물풀에서 올라온 실잠자리 한 마리가 반딧불에게 말을 걸어 왔어요.

"반딧불이야, 내가 앉아도 되겠니?"

"그래, 앉아!"

실잠자리는 반딧불이와 벌과 가까이 앉아 친구가 되었지요.

그때 물가 창포 아래 우렁이가 살며시 얼굴을 내밀며 말을 건넵니다.

"잠자리야, 넌 반딧불이가 귀한 대접받는 것 모르지! 아까 사향제비나비는 잘난 체 뽐내며 개똥벌레라 무시했지만 천연 기념물로 보호받는 귀한 몸이야."

실잠자리는 깜짝 놀라며 다시 한 번 반딧불을 보며 살며시 미소 짓습니다.

"난 정말 몰랐어, 귀하고도 좋은 친구를 만났구나!"

반딧불이 싱긋 웃으며 답합니다.

"아니야, 모르면 그럴 수도 있지!"

넷이서 도란도란 이야기합니다.

우렁이는 물방개 이야기를, 실잠자리는 하늘소, 호박벌에 대하여 이야기하며 즐거운 시간을 보냅니다.

"얘들아, 이젠 가야 해. 다음에 또 만나자. 잘 있어."

반딧불은 무척산 산골짜기로 날아갑니다.

머루 덩굴에 무당벌레가 반갑다며 말을 걸어왔어요.

"반딧불이야, 안녕! 바쁘게 어딜 가니?"

"나의 반쪽을 찾는 중이야!"

"그럼, 여기에 쉬면서 기다려. 이곳엔 반딧불이가 많이 온단다. 자꾸 다니다 보면 길도 헷갈리고 찾기가 더 어려워져!"

듣고 보니 무당벌레 말이 맞는 것 같아, 반딧불은 오도카니 머루 덩굴에 앉았습니다.

바람결에 흔들리는 연한 잎새, 맑은 공기 마시는 상쾌함에 반딧불은 행복합니다.

그때, 무당벌레가 궁금하다는 표정으로 반딧불에게 묻습니다.

"반딧불이야, 초록빛이 밤에 빛나는 비밀을 나에게 알려 줄 수 있겠니?"

"응! 그건 내 몸 안의 물질이 빛을 만들어 그 빛으로 마음에 드는 배우자를 찾는 불빛이란다."

"아, 그렇구나! 예쁘다고 자랑하는 것이 아니구나! 그런 깊은 뜻이 있는 아름다운 빛이구나."

"옛날엔 나도 쓸 만했지. 반딧불을 모아 그 빛으로 글을 읽고 공부했다는 말도 있단다. 정말인지 모르지만 말이야."

"하하하! 정말 대단한 반딧불이야. 듣고 보니 참 부럽구나!"

"무당벌레야, 하지만 우리도 걱정은 있어."

"걱정이라니 그게 무슨 말이야?"

"맑고 깨끗한 물에서 오래도록 애벌레로 지내며 반딧불이 되어 열흘에서 보름 정도 살고 자연으로 돌아가. 하지만 요즘 맑은 물 찾기가 점점 어려워서 걱정이야."

"그래, 맞아. 나도 그렇게 생각해! 오랜 시간이 지나야 반딧불이 될 수 있구나. 모두가 맑고 깨끗하면 행복할 거야. 그래도 요즘은 자연사랑 환경 운동도 하고 있으니까 좋아지지 않겠니?"

반딧불은 무당벌레의 말에 힘이 났어요.

"얘, 이야기하다 보니 벌써 어두워졌어."

"무당벌레야, 이제 나의 반쪽을 찾을 시간이야. 다음에 또 만나자. 안녕!"

반딧불은 무당벌레와 인사하고 초록 불빛을 찾아 떠났지요.

계곡엔 물소리가 들려오고, 바람, 새, 곤충들의 소리는 지휘자 없는 아름다운 하모니, 편안한 밤!

멀리 반짝이는 초록빛에 다가갔어요.

그러나 그곳은 반딧불이 찾는 반쪽이 아닙니다.

곁에서 지켜보고 있던 키 큰 갈참나무가

"부전나비들이 사는 골짜기에 오늘 밤 가 봐."

"고맙습니다."

갈참나무 잎에서 아래를 내려다보니 붉게 익은 산딸기 잎에 맺힌 이슬을 맛나게 먹습니다.

"배가 많이 고픈가 봐. 천천히 먹어! 나비, 벌, 풀벌레는 잘 익은 나의 과즙만 먹는데 넌 이슬을 먹니?"

"응! 우리는 이슬만 먹고 살아!"

"뭐라고? 이슬을 먹고 정말 살 수 있니? 난 처음 듣는 말이야!"

"산딸기야, 궁금한 건 다음에 얘기해! 밤새도록 다녀서 피곤하거든. 해가 지면 깨워 줘."

"알았어! 편히 잘 자렴."

반딧불은 산딸기의 말이 채 끝나기도 전에 단잠에 빠집니다.

밤이 되어야 어둠 속에서 반짝이는 빛이 보이니까요.

얼마 후 풍뎅이가 놀러 왔어요.

딸기즙이 맛있다면서 시끌벅적 입에 딸기즙을 흘리며 건너편에서 듣고 온 이야기를 합니다.

"쉿! 조용해! 반딧불이 곤히 잠자고 있어."

"말도 못 하겠네! 알았어, 조금 먹고 갈게."

"많이 먹어도 괜찮아. 대신 조용히 해야지. 반딧불이가 편안히 쉬었다 가게!"

얼마나 잤을까!

산딸기가 깨우는 소리에 깜짝 놀라 일어났어요.

벌써 부전나비 골짜기에 초록빛 은하수가 내려옵니다.

"산딸기야, 잘 쉬었어. 난 부전나비 골짜기로 가야 해. 고마웠어. 안녕!"

함께 살아가는 동식물

땅속에만 있자니 갑갑했어요.

새벽에 비가 와 땅이 촉촉이 젖어 밖에 나왔는데 친구들은 보이지 않고 구름에 가렸던 햇볕이 뜨거워 몸이 잘 움직여지질 않아요.

"누구 없나요? 도와주세요. 몸이 굳어 가요."

다급하니까 어디가 어딘지 눈이 보이지 않아 방향감각도 잃었어요.

큰일 났어요.

목이 터지라 소리쳐도 대답이 없네요.

어제 저녁 친구들과 내일 아침에 흐리거나 비가 올 예정이니 바깥 구경 나가 보자고 해서 나왔지요.

"도와주세요!"

그때였어요.

"애, 넌 이제 밖에 나오면 어쩌니? 친구들이 아까 놀다 해님을 보고는 겁에 질려 모두 집으로 돌아갔는데 넌 이제 나와 친구들을 찾니?"

"친구들이 벌써 놀다가 갔다고?"

"그래, 한참을 이리저리 더듬으며 다녔지."

"내가 아침 늦잠을 잤나 봐. 나 좀 도와줘! 놀라서 방향 감각도 잃었는걸, 눈은 있으나 없으나!"

"왜 눈이 보이지 않는데?"

"지렁이잖아. 지렁이는 눈이 없어. 자리만 있을 뿐이야! 항상 땅속에서 살며 비가 오거나 날씨가 흐린 날만 밖에 나오는데 아까 집에서 나올 땐 분명 날씨가 흐렸거든. 흐~흑!"

"그렇구나, 도와주고 싶어도 너랑은 멀리 떨어져 물에 있는 부들이라 어떻게 할 수가 없단다. 정말 큰일이야. 그쪽은 사람들과 자전거가 많이 다니는 길이라 밟힐지도 모르고, 또 그냥 가만히 있어도 뜨거운 햇볕에 등껍질이 마르는데 어쩌지."

지렁이는 애타게 도와줄 누군가를 기다리며 숨이 막혀 기진맥진 축 늘어졌어요.

"어머! 어쩌다 햇볕에 나왔니? 나도 다리에 힘이 없어 해반천에 나와 운동을 해야 하기에 나왔는데 너를 발견해서 참 다행이야. 너를 구해 줄게!"

아이는 내가 무서운지 곁에 있는 환삼덩굴을 한 잎 땄어요.

"앗! 따가워!"

까칠한 잎사귀로 잡았지만 아프기만 할 뿐입니다.

"어쩌지? 잘 잡질 못하겠어."

지나가는 할머니가 보시고는

"얘야, 이 지렁이를 살리려고 그러니?"

"예, 할머니. 그냥 두면 죽으니까 살리고는 싶은데 무서워서 잡지를 못하겠어요."

"참 고운 마음을 가졌구나! 내가 도와줄게."

할머니의 부드러운 손으로 지렁이를 잡고 풀숲에 놓아주며
말했어요.

"고마운 아이를 만나 살아서 집으로 돌아가니 다음부터는
함부로 밖을 나오면 안 된단다, 새끼 지렁이야."

"살려 줘서 고맙습니다."

부들도 소루쟁이도 참 다행이라고 하네요.

쿵 쿵 윙~~윙 더~러랑!

아침부터 요란한 기계 돌아가는 굉음 소리와 사람들 소리.

위에서 무슨 일이 벌어지고 있는지 궁금해서 살짝 나와 보
지만, 눈이 없는 지렁이는 앞을 볼 수 없었어요.

"누구 없나요? 있으면 대답 좀 해 주세요."

물가에 있는 여뀌는 고개를 들며 물었어요.

"나 불렀니?"

"여뀌야, 내 머리 위에서 쿵쾅거리는 이 굉음은 뭐야? 혹시 무슨 일이 있는 거야?"

"아~~ 그게 궁금했니? 지금 풀 베는 일을 하는데, 나는 물가에 있어서 다행이지만 다른 친구들은 잎과 줄기가 모두 다 잘려 나가고 뿌리만 남았단다. 저기 나팔꽃은 지금 울고 있어."

"왜 울고 있는데?"

"봄부터 여기저기 줄기를 감고 올라가 이제부터 꽃피울 일만 남았는데 몽땅 잘려 나갔으니 올해는 꽃피울 수가 없다는 거지. 그나마 너희들은 땅속에 있으니 참 다행이야."

"여뀌야, 우리들의 땅속 생활도 그리 만만치는 않아. 걱정 없이 편하게 잘 살고 있는 건 아니란다. 두더지란 녀석이 우리들을 먹이로 삼으며 땅속을 헤치며 다니니까 땅 위 세상이나 땅속 세상이나 마찬가지야! 두더지와 숨바꼭질하면서 살고 있으니까 말이지."

"너희들에게도 그런 힘든 점이 있구나! 땅속에서 무얼 먹고 사니? 우리들은 햇볕을 먹고, 비가 오면 빗물과 바람, 이슬을 먹고 자라지.”

"아~하, 그렇구나! 우리는 흙 속에 있는 유기물을 먹고 살지. 먹은 흙을 다시 뱉어 놓으면 꽃이나 풀, 나무들의 퇴비가 되고 흙이 부드러워야 너희들이 잘 자랄 수 있는 영양소가 되어 준단다.”

"그렇구나! 땅속에서 고마운 일을 할 줄은 몰랐어. 고마워, 지렁이 친구야!”

"나는 아무것도 하지 않는 땅속의 지렁이가 아니야. 잊지 말아 줘! 해반천 땅을 부드럽고 영양소 많은 흙으로 만들어 아름다운 하천에 많은 생명이 살 수 있게 만들고 있다고.”

해반천 속에는

손영순 작시
허걸재 작곡

To Coda

심 술 궂 은 회 오 리 바 람

심 술 궂 은 회 오 리 바 람

하 늘 을 지 우 려 장 난 을 해 도

하 늘 을 지 우 려 장 난 을 해 도

해 반 천 속 - 파 란 하 - - 늘 은 하 늘 은 모 르 는 척 - 숨 어 있 다

해반천속 - 파란하 - -늘이 파 란하늘이숨 - 어있 다

Coda

해 반 천 속   해 반 천 속
해 반 천 속   해 반 천 속

해 반 천 속   의 파 란 하 늘 이   -
해 반 천 속   의 파 란 하 늘 이   -